文学之都
未来诗空

桃花红 杏花白

刘晶林 著

江苏凤凰文艺出版社
JIANGSU PHOENIX LITERATURE AND ART PUBLISHING

图书在版编目（CIP）数据

桃花红　杏花白 / 刘晶林著 . -- 南京：江苏凤凰文艺出版社，2023.1
（文学之都·未来诗空）
ISBN 978-7-5594-7207-6

Ⅰ.①桃… Ⅱ.①刘… Ⅲ.①诗集—中国—当代
Ⅳ.① I227

中国版本图书馆 CIP 数据核字 (2022) 第 189084 号

桃花红　杏花白

刘晶林　著

出　版　人	张在健
选题策划	于奎潮　陈　武
责任编辑	王娱瑶
特约编辑	王　萱
责任印制	刘　巍
出版发行	江苏凤凰文艺出版社
	南京市中央路 165 号，邮编：210009
出版社网址	http://www.jswenyi.com
印　　　刷	三河市华东印刷有限公司
开　　　本	880 毫米 × 1230 毫米　1/32
印　　　张	8.125
字　　　数	150 千字
版　　　次	2023 年 1 月第 1 版
印　　　次	2023 年 1 月第 1 次印刷
标准书号	ISBN 978-7-5594-7207-6
定　　　价	56.00 元

江苏凤凰文艺版图书凡印刷、装订错误，可向出版社调换，联系电话 025 - 83280257

目录
contents

第一辑 积雨云，想哭就哭，随心所欲

002	窗外的树叶红了
004	与外孙玩玩具小火车
006	雁
008	雁在声声哀鸣
010	我在手术室门外等你
013	悬挂在机翼下的月亮
015	对子莲
017	隔水相望
019	父亲的打火机
021	半个月亮爬上来
023	玉　米

025	瓷　碗
027	蜡梅花开
028	踏着暮色，喝酒去
030	削苹果的时候
032	玉兰花开时
034	春天里
036	去颐和老年公寓看母亲
038	草　坪
040	蓝天白云
041	等待信使
043	讲故事
044	让暗处有了光
046	那些花儿啊
048	与一只松鼠面对面
049	菩提花开
051	油菜花记
052	蜜蜂扇动透明的翅膀
054	过斑马线
056	种含羞草
058	多次看过的那片云
059	骑　行
060	多远才是远

062	烤羊肉串
064	从树上落下的野核桃
066	树叶开始黄了
068	乘火车，卧铺
070	泡木耳
071	南瓜谣
072	竹　笛
074	世间万物，充满了神灵
075	粽　叶
076	在门前种花
078	纸　船
080	我们只是在树旁默默地站了一会儿
081	儿童博物馆的色彩
083	我们去看流星雨
085	大雁从头顶飞过
087	同样是飞
088	弯弯的小路
090	啄木鸟
092	蜂　鸟
093	一阵风吹过来
094	想要让自己飞起来
095	动物二题

098	花开时节（四首）
102	轻轻地说（五首）
107	手里握着一把时光（六首）
115	诗意农庄（七首）

第二辑　你用翅膀，轻轻拍打着辽阔与宽广

124	鸥　巢
126	西连岛渔村
128	海　钓
130	海　鸥
131	那片被朦胧月光爱抚的大海
133	在岛上居住的那些日子
135	退　潮
137	海　星
139	在岛上
141	飞　鱼
143	台风要来了
145	一朵迷恋小岛的云
146	我尾随这群鲸鱼走了很久很久
148	居住在涛声之上
150	小　路

152	我在海岛写诗
154	芝麻开门
156	一朵开在岛上的小花
158	在岛上，与风暴对饮
160	车牛山岛南码头
162	致岛上的一棵柳树，兼致自己
163	关于路的识别
165	海阔赋
167	长在树上的手机
169	海风吹
170	达念山岛
171	在岛上住久了，要学会说话
173	补给船要来了
175	写给那片辽阔的蔚蓝
177	一如既往

第三辑　行走的光，点亮了一生多少灯盏

180	猜一猜，祖先来自何方
182	在文殊山看壁画
184	雾从湖面漫过来
186	夜宿赛里木湖畔

188	过祁连山隧道
190	三　月
193	荷花街
195	打马上天山
197	巴黎圣母院的钟声
199	石头、剪刀、布
201	倒时差
202	在凤凰古城
203	青海湖，我来了
205	在嘉峪关城楼上看落日
207	雪山之狐
210	站立的河流
212	新信天游
214	落霞沟
216	在梓路寺吃斋饭
218	猫山王榴梿
220	在美国包水饺
222	今晚露营
224	走在石象路神道上
226	秋天，去花果山看银杏树
227	玉兰花开
229	芝加哥

231	湖边的民居
232	滋　润
233	芝加哥便签（二首）
235	时光落在荒原上（五首）
241	加勒比海的风（六首）

第一辑

积雨云,想哭就哭,随心所欲

窗外的树叶红了

风从窗外吹过来
即使闻不到酒的香味
我也知道你已醉

情感细腻,心思缜密者
易醉;内心敞亮,能容下江海
亦易醉。你属于哪一类呢
竟让你面如云霞、灿若桃花
看地——地摇晃
看云——云欲坠

那么,就说一说往事吧
说一说那个人的羞涩
两颊红晕悄悄坠弯了细眉
或者,说一说天气也行
说一说那一天的阳光
厨艺精湛,竟把后来所有的日子

烹饪得有滋有味

能够采一枝蒲公英
对着天空轻吹
让种子打着小伞远行的那个人
浪漫的情调,该是多么显山露水
何况当年种下的是一棵相思树呢
何况相思树上有两只彩蝶在飞

正是为了那段美好时光
我与你相约了年年岁岁
金秋,收获的日子啊
来吧,窗台即吧台
让我们再干一杯

其实,你就是那个人
种下的相思树啊
这酒,叫我们如何不醉?!

2015.10.19

与外孙玩玩具小火车

只有回到童年
才可以和童年的外孙
忘乎所以,全身心地投入
可着劲儿玩

那么,就坐上玩具小火车吧
从 20 世纪的 1952 年出发
穿越时间与空间
直至抵达今天

童年该有多么美好
月光与爱情,诗歌和李白
那都是成年人的事
用一张纸折叠的飞机
在空中画道弧线
准会溅起尖叫,绽放持久的笑颜

你说，火车长着翅膀

我说，那就让它鸟儿般飞吧

飞过高山，飞过江河，飞过平原

你说，铁轨是地球的腰带

我说，那就给它起名叫赤道吧

系紧了，别让它的肚皮露在外边

和外孙一起玩玩具小火车

车上载着的想象堆积成山

我忽然发现眼前这个三岁半的男孩

分明就是我儿时

最要好的那个小伙伴

2015.10.22

雁

立冬过后,大雁
与其说是吃草
不如说以狂吻的方式
在和这片草地告别

偶尔抬起头来
目光里竟是湿漉漉的眷恋
远方有云缓缓飘了过来
疑似季节在向它们挥手召唤

就要远行,飞向南方了
就要让翅膀在天空与辽阔约会
就要让雁阵细密的针脚线
一头缝着北方,一头连着南方

我在想,大雁飞走之后
这片草地注定要缺少了什么

直到来年
春暖花开……

2015.11.12

雁在声声哀鸣

雁在声声哀鸣
为一夜之间草们的集体失踪
为劫持者是那铺天盖地的雪

如果说饥饿与恐惧
哪一个离大雁更近
你听它们的叫声就知道了
就知道绝望
是一种什么样的状态

其实,草就在雁的脚下
只是它们看不见而已
它们的目光落在雪地上
随即被冻住了
浅浅的,就像它们的脚印

有时候,我们也会恐惧

那是因为我们如同这哀鸣的雁
不知道太阳出来雪就化了
不知道草与我们近在咫尺
触手可及……

2015.12.02

我在手术室门外等你

等你，就是在把春天等待
等待燕子叽叽喳喳飞来
等待花儿热热闹闹盛开
等待一棵小草的低吟浅唱
让天空辽阔、雪山昂首、江河澎湃

至于春天以外的那些事儿
附带摘除了其他少许器官
就不去管它了吧
比如摘除一个肾
其实，对我而言
你从来都是完整的
一个人
就是一个圆满的世界

还有一种完整
亦属于我们两个人

那就是——

有十万条江河

等着我们去踏浪

有十万座大山

等着我们去攀登

有十万亩玫瑰

等着我们去观赏

甚至有十万颗星星

等着我们去数、去摘!

一生中拥有的爱啊

一点也不能少

《西厢记》里的那个张生

要继续去见崔莺莺

隔着墙,N次吟诵

"月色溶溶夜,花荫寂寂春"

西子湖畔的断桥

要继续上演许仙和白娘子的故事

电视剧里那首唱滥了的插曲

要N次唱下去

直至永远!

此刻,我在手术室门外等你

等你,就是在把春天等待……

2016.02.19

悬挂在机翼下的月亮

月亮是一盏灯笼

被机翼轻轻提在手中

隔着舷窗,我在欣赏夜空景色

银河的璀璨,让谁的心在动

很像是枕边的一个梦啊

朦朦胧胧中

月宫门前那棵桂花树

长高了,已高出我的想象

那个手捧桂花酒的吴刚

也老了,老得年龄

快要接近了我这位老兄

唯有嫦娥,容貌依旧

长袖善舞,舞动了一道道彩虹

纯属忽发奇想

或者,就当是一次假设

假设我是吴刚会怎样呢

假设我是嫦娥又会如何

于无边无际之际

除了寂寞，还有孤独

于时起时伏之时

除了空旷，还有无助

顺手采一截月光作箫

蘸着夜色，吹一支悠扬的曲子吧

你就知道今生该有多么满足

这时候，飞机偶遇高空气流

微微有些颠簸

再看月中的那棵桂花树啊

轻轻摇晃了几下

于是，桂花如同细雨纷纷洒落

整个银河

香气弥漫……

2016.02.22

对子莲

你开花，我也开
相约在这个春天
喷芳吐艳

就世间的花事而言
我们从来不与同类比艳
要比，就比缠绵吧
即使是在夜晚或是黄昏
也要温柔，也要甜蜜
也要手拉着手，形影不离
即使是不久就要凋谢
也要依偎，也要羞涩
也要相亲相爱，成双成对

对于我们，一朵花已不是花
只有两朵并蒂绽放
这个世界才称得上完美

今天，你是我的新娘
是我生命的另一半
就当太阳在张灯结彩
就当霞光在红烛高照
就当高山大海是高朋满座
来吧，让我们喜气洋洋
拜天地

2016.04.09

隔水相望

隔水相望
目光的水手轻轻荡桨
岸依旧在远方

坚冰已经融化
水面倒映着的树枝
随风,在把往事微微摇晃

春天啊,悄悄地来了
埋藏的心事也该发芽了
你看那柳枝挽住多少欲望
在一个劲地泛青、鼓胀

就当这条小河是辽阔大江
又怎能把花开的季节阻挡
就当春天不来,冰雪不化
又怎能让思念搁浅,在水一方

而有的时候，我们却又恰恰
享受这样的隔水相望
享受诉说的悄悄话
享受任性的春心荡漾
享受一生中短暂存在着的
幸福时光

隔水相望
隔水相望啊……

2016.04.14

父亲的打火机

父亲抽烟的历史很长
使用打火机的时间却有限
于是，他在晚年
着迷地收藏打火机
像是执意要把某些逝去的时光
重新找回

是沉醉于它的造型新颖
还是迷恋于它的构思奇特
父亲时常会把它
拿在手中细细把玩
感受火石在它体内的心跳
谛听古老的火焰
是如何以现代的方式低语

其实，每一个打火机
都有一个属于它的故事

只要你愿意,且有时间
它便会跟你说悄悄话
说哪只蝴蝶怎么飞舞成了商标
说哪个海盗如何演绎成外壳浮雕
又说哪片海域的飞鱼亮翅
满足了多少收藏爱好者的渴望……

直到某一日,父亲病重
他从我母亲手里接过打火机
攒足力气,然后揿下按键
火苗升起来了
那是父亲从这个世界上带走的
关于火的最后的明亮与温暖

在没有父亲的日子里
我仅是把父亲留下的打火机
继续收藏着
却始终没有勇气用它打火
哪怕是清明节
哪怕仅仅就一次……

2016.06.19

半个月亮爬上来

必须是半个月亮
如果月圆,仿照砍掉某座
雕塑人物臂膀的艺术大师罗丹
抡起斧子,让月亮残缺
让月亮按照我的审美需求
留下广阔的想象空间

至于月亮的另一半,可以隐藏
隐藏在浮云的后面,或者
隐藏在银河的波峰浪谷
或者闭门谢客
或者醉卧他乡
总之,不可以闲着
必须把自己的半壁江山
交出来,交给另一半
让爬上天空的弯弯的月亮
承载着月亮的全部光芒

那么，我的半个月亮在哪儿？
在 2500 年前的诗经里
在 1000 年前的唐诗宋词里
在近 100 年才有的白话文的诗歌里
或是在 50 年前那个和我
先后从紫金山下来到海边的你
扎着的两个小刷把的辫子里

啊，半个月亮爬上来
咿啦啦，爬上来……

2016.09.05

玉 米

秋天,玉米收了
玉米秸仍旧站在地里
保持着原有的队形
士兵一样挺立

忙碌了多少日子
玉米秸们
用并不粗壮的身体
从土里汲取养分
把玉米喂育

当玉米归仓
玉米秸,也快收了
收了的玉米秸,将被
送进农家的粉碎机
之后,粉身碎骨
分批填入牛的胃

之后，成为肥料
重返生长玉米的这片土地

一遍遍地反复
一次次地轮回
多少年来，玉米的称谓
从未改变过
只是如今乡间
取名"玉米"的女孩
越来越少了

2016.10.10

瓷　碗

早先是一捧泥土
经窑火烧制，获得再生
即使是身价千万的元青花
也不过如此

谁说不是呢
土地是瓷碗的祖先
瓷碗，是土地的子孙

土地供养出的粮食、蔬菜
成熟后，陆陆续续进入到碗里
碗里有，世上该有的大多有了

即使是这样，碗里仍盛有
人们太多太多的想法
历朝历代，怎么盛都盛不满

为了碗里有米有面有鱼有肉
哪怕是白天人也会有梦，不信
敲敲碗，叮当作响，那是梦在歌唱

碗啊，可以很大，大得装的下江山
碗啊，可以很重，重得让许多人
耗尽一生的力气都端不起来

我视瓷碗如神，充满了敬畏
平日，偶尔失手打碎一只
总会念叨一声——
岁岁（碎碎）平安！

2017.01.10

蜡梅花开

选择欠缺色彩的冬季
选择耀眼的黄色

一枚枚花骨朵的绽放过程
就是把一个个紧握的拳头松开

拳头里攥着的是什么
是悄悄递给春天的小纸条吗?

风里、雨里、雪里、阳光里
静静地等待,等待那个
让你心动的人,前来采折……

2017.01.15

踏着暮色,喝酒去

城管,快快动手啊
把满街喜庆的彩灯撤走
我需要一场大雪
与当年林冲夜奔草料场
下的雪一样大

也不要打出租车
那该多乏味啊
直接步行去酒店好了
最好肩上扛支红缨长矛
再挑一个酒葫芦
走起路来,晃悠晃悠
韵味十足

那酒店不可以豪华
应复古,小门脸,低门楣
木门推开时,要发出吱嘎声

门口还要有拴马桩
尽管我不骑马
但挡不住还有哪路英雄豪杰
前来小店与我同饮

进了小店,见到朋友
定当抱拳,道一声兄弟可好
刘晶林提前给您拜年啦
然后大声吩咐店小二
上菜,上好的卤牛肉来个十斤
酒嘛,先开三坛
另外,把桌上小酒杯拿走
统统换大碗

2017.01.24

削苹果的时候

削苹果的时候
苹果肯定很疼
细听，会有皮肉分离
发出的窸窣声

随着刀锋的游走
果皮变成细细的长条
无力地垂拌着
沮丧，像耷拉着的头颅

从开花到结果
再到苹果成熟
一个并不漫长的过程
就这样，被刀终结

久储的阳光，如泪
从果中渗出，沾在手上

削苹果的人下意识
舔了一下手指

2017.02.04

玉兰花开时

玉兰花开时
即使远在天涯海角
我也要来看你

掛满春风的
一盏盏酒杯哟
是为我高高举起的吗?

等不及长叶子
你就开花了,开得
如此迫不及待

是与一个承诺有关吗
或是那年那月
在那个春日多望了你一眼

看,满树绽放的花啊

多像折叠的千纸鹤
还带有我们手上的体温

假设，仅仅是假设
此时我要不来，花儿是否
瞬间凋谢，飘落一地？！

2017.03.17

春天里

春天里，花开了
春天里，花谢了
春天里花开花落的整个过程
足以让一只蜜蜂了此幸福的一生

我有蜜蜂的勤劳
我也懂得酿造生活
是不是就有资格醉卧花丛
让一双手沾满诱人的花粉

如果嗡嗡的歌唱
能够催生更多的甜蜜
我情愿改行去追随帕瓦罗蒂
如果透明的翅膀
能够把花装扮得更加艳丽
我乐意为此两肋生翼

一个人的一生一世
如同花，需要有
蜜蜂那样的铁杆知己
我的蜜蜂在哪里
哪里是我寻觅的花期

春天里，花开了
春天里，花谢了
花开花落，已不再是
自然界简简单单的
一场花事……

2017.04.12

去颐和老年公寓看母亲

去颐和老年公寓看母亲
就像是去看
多年以后的自己
天上的云，会依旧这样白吗
五月的风，会依旧这样爽吗

母亲多后代
而我只有一女
可见儿女多少与住老年公寓
没有什么关系

我不是一个贪婪的人
晚年，只需要有个地方
不大的地方
可以安放诗和爱
可以安放剑与酒
可以安放微信朋友圈

足矣!

母亲啊,你在老年公寓
过得好不好
对我非常重要
时光可以什么都不说
时光却什么都知道
知道你现在的微笑
多年之后,是怎样丰富了
我的表情包

去颐和老年公寓看母亲
就是在穿越时空
去看望比我现在还要老的自己
一路上,有两朵带有
浅色老年斑的云
一前一后,向着远方
轻轻地飘

2017.05.02

草 坪

草坪与草地是有区别的
虽然都长着青草
草坪的草不可以疯长
不可以不修边幅
该修剪时修剪
该打理时打理

草坪不允许草的乱象与杂陈
不允许另一种植物的入侵
哪怕是花,以盛开的方式
也不允许

草坪坚守它应有的纯粹
草坪的爱情唯一,只对天空
草坪打开自己的全部
接纳阳光的温暖
接纳月光的明媚

纵然雨雪风霜,也要接纳
用一生,与天空
不离不弃

大旱来临,草坪即使枯萎
也要保持原有的姿势
带着与生俱来的尊严
绅士般
匍匐大地

2017.05.23

蓝天白云

蓝天白云不知道

我在暗恋

如果风儿泄密

说有一个来自远方的人

喜欢上它

它一定很开心

抬头再看

天会格外地蓝

云会格外地白

2017.05.26

等待信使

等待信使
等待想象中的那封信
写信的人在哪里啊
隔山隔水
或者，仅隔着后院的
一道栅栏

这个季节有多少花开
就有多少蜜要采
看路旁高大的松树
风铃般悬挂的松果里
竟藏着太多的心事

遥想当年的那个谁啊
瞬息沧桑，早已不再年轻
幸好手中的剑还算锋利
怀里揣有一卷好诗

否则，还有何颜面对这良辰美景

其实来信说了些什么
已经不重要了
哪怕是白纸无字
只要信封上插一支鸡毛
表示十万火急

远方，飞鸟引路
风度翩翩的信使骑一匹白马
那白马奋蹄扬鬃
蹚过宽广辽阔的岁月之河
一路狂奔

2017.06.12

讲故事

每一个故事都是一颗星星
在伸手够得着的银河里
忽明忽暗地闪烁

那些星光是外婆给外孙的盘缠
如同银两。记住,收好了
将来长大,出远门时用得着

一个人的童年能记住的
除了父母及亲人
就是那些讲了又讲的故事了

后来,讲故事和听故事的人
别无选择地成为故事的一部分
其实,我们的一生,从来没有离开过故事

2017.07.16

让暗处有了光

打开一卷经书
蒲团上坐着的那个诵经人
就是另外一个人了

大殿在香火中浮起
云被它托着往高处移动
很快,大殿复位,云却回不来了

香客不如游人多
是谁的相机闪光灯频闪
见过大世面的转经筒,仍旧转个不停

有人在为他人超度
有人磕头全身匍匐在地
夕阳趁机把寺庙的投影拉长

一个小沙弥向大殿走去

他身上暖色的僧衣

让暗处有了光

2018.01.21

那些花儿啊

走近，能听到耳语
能感受到急促的心跳
甚至，能闻到了淡淡的体香

美丽太多，选择也就太多
看翩翩起舞的蝴蝶
是怎样被弄的心乱神迷

至于哪一朵是你
其实我一眼就看到了
尽管时光已过去了很多年

很骄傲，我就是一群蜜蜂中
最勤奋的那一只啊
翅膀上载满你的喷芳吐艳

想起来了吗

在那个春天,在那个早晨
南风轻轻地吹

2018.03.18

与一只松鼠面对面

猝不及防，就这样
我们站到了彼此的对面

松果在枝头的摇铃声
还在你耳畔回响吗
橡子被风从树上吹落
在你的目光里溅起了多少惊喜
你不回答，甚至顾不上看我一眼
就匆匆离开了

从这之后，我发现自己就像松鼠
为了过好日子，整天忙忙碌碌

2018.03.19

菩提花开

默默地绽放
什么也不说,有时
胜过千言万语

都说佛陀在树下成道
有人伸手触摸泥土
果然感受到了久存的体温

一边佛界,一边人间
菩提在哪扎根?
花开花落啊,恍惚神灵指引

双手合十,默诵经文
看一朵菩提吐蕾
是怎样打开了你的来世与今生

我说,见到菩提如见佛

禅语，一花一世界

佛堂上，老僧正掀开一页六祖《坛经》……

2018.03.22

油菜花记

油菜花向我们告别
在三月的春风里
用大片大片耀眼的明黄色

不能辜负短暂的一生
明知余下的日子不多了
才如此竭尽全力地释放自己

把积蓄的能量都拿出来
把所有的热情奉献出来
用一种独特的方式

然后，让细小的花朵结籽
然后，让菜籽榨干油
以此，终了一生

2018.03.25

蜜蜂扇动透明的翅膀

背上驮着阳光时
翅膀就透明了,就可以达到
有形的最高境界——无形

因为春天到了
还有什么诱惑
比得上花的绽放?

都说累死,是工蜂
最后的归宿
以至所有的花儿,内心总藏着忧伤

对于花,用透明来形容
蜜蜂扇动的翅膀,十分妥帖
那翅膀扇着扇着,就扇出了纯粹

哦,花开花落,蜂来蜂往

让我们的情感世界

不经意间，萌生了多少诗意啊

2018.04.03

过斑马线

过斑马线
一道道黑白相间的横杠
借助蓝天白云的反射
瞬间,把我涂鸦成一匹无形的斑马

前方是绿灯
我不紧不慢地走着
把仅有八条车道的马路
走成了辽阔宽广的大草原

这时,头顶艳阳高照
微风轻轻吹拂
空气中弥漫着淡淡的花香
这种感觉,真的很好

马路一侧,停满车辆
喇叭一律静默

坐在驾驶室的司机
纷纷向我致以瞩目礼

往前走,马路对面
是我居住的小区
若继续往前,延伸、延伸再延伸
出了江苏,便是浙江、福建、广东……

要是那样,走遍天涯
斑马线还会跟在我身后吗?
或者,在我的脚下
始终都有一条安全的斑马线?

2018.05.01

种含羞草

把一粒种子埋进土里
附带着种下羞涩
然后看它如何破土而出

发芽的过程大多是在地下进行
很隐秘,我们看不到
羞涩最初究竟是什么样子

如荷叶半遮半掩下的莲花吗
如微风吹拂轻轻荡漾的涟漪吗
或如少女双颊浸染的红晕……

含羞,多么美的状态啊
总让我们想起那年那月那一天
想起青春期遇到的那个人

有生之年,务必要种一株含羞草

务必懂得，只要有心
羞涩是可以种植的

2018.06.21

多次看过的那片云

上一次看到的时候
你满树的梨花正在怒放
我不敢喊你,生怕轻轻的一声
就被碰落的花瓣淹没

这一次又看到了你
你千万亩丰收的棉花亟待采摘
我就是来自远方的那个义工啊
手伸出去,天就低了

哦,每天都有新的感觉
告诉我,下一次
我们将在
何时何地相见

2018.06.29

骑　行

人骑在自行车上
自行车骑在大地上

风从前面匆匆吹来
风又在身后匆匆离去

骑行的少年啊
千万莫像我，骑着骑着就老了

路旁的风景有心挽留
出手慢，拽住的只是我的背影

好在我把车辙留了下来
那是给远方的路条

2018.07.08

多远才是远

走了很远的路
还有很远的路要走
多远才是远

雪山在雪山的另一面
一朵失踪的雪莲
会在若干年后再现

奔腾的大江大河
是海洋的一支支血脉
海的尽头是岸,岸的边界呢?

我自以为走了很远
却如同一只蚂蚁
不过是在巢穴的附近遛弯

前世并不遥远

今生离来世也不远

行走的光,点亮了一生多少灯盏

2018.07.25

烤羊肉串

杀了一只羊
还要把肉切成小块
用各种作料腌制
然后串在竹扦上
再用火慢烤

火要用木炭
火大了,肉会焦煳
要小火,把油烤出来
烤得刺啦刺啦响
烤出肉的浓香……

即使闻到了羊肉味
有谁还会把正在烤的肉串
还原成一整只羊
有谁还会把白云的舒卷
想象成羊群的温顺

在草原上见到的羊

大多低着头

眼神里透出凄迷与忧伤

其实,该低头的应该是我们

纵然我们把整个草原抵债给羊群

也偿还不了亏欠

2018.08.04

从树上落下的野核桃

挂在空中时思考
落地时仍在思考

仍想借助飞鸟的翅膀
去把远方丈量
仍想骑上流云的骏马
在广阔的天空游荡
天黑了,想去看看流星坠落银河溅起的波涛
下雨了,想去看看两只蚂蚁
依偎在蘑菇的伞下说着悄悄话……

即使被时光打磨
化作了泥土
也只是短暂的休息
过后,沿着根须的通道
重新回到树上
让沉甸甸的思考

压弯了枝条柔嫩的腰
——是因为果仁形状如同大脑
从此思维就停不下来了吗?

拾起一颗落在地上的野核桃
我的手心感觉到了一种穿透力

2018.10.02

树叶开始黄了

树叶开始黄了
把满目的沧桑
写在天上

远处,孤雁的鸣叫
让人心头一紧
加速了伤感的蔓延

远行者驻足
不由回望故乡
目光触摸处,阵阵发烫

一个人的内心,有时很脆弱
可以装得下整座翠绿的山峰
却容不下一棵树的叶子变黄

瞧,渐渐变黄的树叶

摇动着季节的风铃

竟不顾我的感受，仍在浅吟低唱

2018.10.02

乘火车，卧铺

我躺在铺上
铺隔着火车厢体
躺在疾驶的车轮上

我在铺上伸伸腿
就跨过了一条条大河
就越过了一座座高山

车窗外，所有的美景
被我甩在了身后
尽管我仍旧躺着

入夜，奇迹发生了
一个我，早已沉睡梦中
另一个我，还在大地上奔跑……

这很像我需要的生活

人的一生，似乎轻轻松松
就被火车拉长了

2018.11.07

泡木耳

那么多木耳聚在一起
耳根软,听到的话势必更多
莫非不嫌吵吗?

干木耳总是无声无息
清静中,是否时常想起那棵枯树
想起自己是如何获得了生命

有水的感觉真好,有了水
就有了滋润,有了饱满
身体和欲望,一起急速膨胀

这时候,我下意识摸了摸耳朵
耳朵离大脑那么近,小心了
脑子可不能进水

2019.03.12

南瓜谣

你想啊，一粒小小的种子
竟能结出硕大的瓜，且不止一个
这简直就是小宇宙爆发了啊

——在江西井冈山
朵朵南瓜花扯开喉咙
把一支歌唱了一年又一年

——在大洋彼岸，万圣节
南瓜灯点亮了不眠之夜
银河起舞，坠入人间仍在狂欢……

而我，只想坚守生活中的平淡
房前屋后，种几棵南瓜
让瓜藤拴住往前跑得太快了的时光

2019.03.12

竹　笛

在圆家族的梦吗
为了发出自己的声音
情愿付出代价，身体被截成一小节

仅仅是一小节
就能为全体竹子代言
竹子要说的话，都在笛声里了

还有更加用心良苦的呢
竹子与生俱来的空心
早早就为发声埋下了伏笔

以至于每一个竹节
奋力地向着天空生长
将声域托举，融入未来的辽阔与宽广

其实，竹笋破土之日

就开始储备必要的音乐元素
比如竹海的涛声、露珠从竹叶滑落的歌唱……

直到进入笛子的制作阶段
锯、凿眼、打磨、校音……
竹子痛,并快乐着

现在,我手里握着一支竹笛
不再吹奏时,你会发现
世界上所有的竹海,一律波平浪静

2019.04.16

世间万物，充满了神灵

一只早起的鸟儿在觅食
树叶没托稳，露珠悄悄滑落了
蘑菇踮起脚张望
看看天空有没有积雨云
阵阵微风吹了过来
花香四处弥漫

这时候，太阳升起来了
昨夜结集在银河的繁星
被光芒的箭射中，纷纷坠落
好在有惊无险，早有准备的草坪
用无数翡翠簪子般竖起的草尖
伸出手来，稳稳地接住……

哦，你不能不感叹
世间万物，充满了神灵

2019.06.02

粽　叶

粽叶，也就是芦苇叶
春天，芦苇叶长到四指宽
便会与苇刀遭遇

苇刀似乎是专门用来割芦叶的
苇刀一闪一闪，芦苇肢残，叶子纷纷落下
无处可栖的"呱呱唧"鸟儿，惊叫着，匆匆逃离

我想，芦苇肯定很疼很疼
你看，芦苇随风摇晃着
把天空摇得晃晃悠悠

我要是芦苇，决不会
忍到深秋，才迟迟绽放芦花
早在端午，我就愁白了头……

2019.06.06

在门前种花

在门前种花
种四季都开的花
让花认一认门,并且告诉它
这里也是你的家

很快,你会发现,我们的声音
和花开的声音没啥两样
只不过我嗓音重一些
类似重瓣的花,绽放舒缓
而两个外孙的发声就清脆多了
类似小花吹喇叭

你还会记住我们的脚印
无论走到哪里,你都会紧紧跟随
如果我上天山,你就是盛开的雪莲
如果我进峡谷,你就是不败的杜鹃
即使我不走远,就在住地附近散步

你的花香也会扯住我的衣袖不放
一副黏人的样子，像是在热恋

在门前种花
种花开的日子

2019.06.07

纸　船

造价最低
制作过程最短
以至于浮在水面
身子低低的
很草根，很卑谦的样子
用时髦的话说
就是低调

纸船很轻，载不了重物
粮食、钢铁、木材、电子元件
甚至集装箱、货柜
都负载不起
它能够做到的，是让你
在船头签个名
从此，纸船便可以与辽宁号、远望号
同一序列了

只要你把它放在阳光下
纸船就会满载一船的黄金
只要你让它泊在月光里
甲板上就会坐满盛唐时期的诗人
你若想唱歌,广西的刘三姐
会与你深情地对唱
你若是采莲,西湖
就是泛舟荡桨的最佳选择

纸船也有弱点,经不住水的浸泡
湿透了,纸便一点一点地舒展开
虽然漂在水面,仍旧是
白纸一张,却绝非普通意义上的还原
因为它曾经是船
载过你生命中的一段
快乐时光

2019.06.30

我们只是在树旁默默地站了一会儿

我和你都看见了那棵树
一棵迈入老年的树
树下,簇拥着一丛年轻的花

那些花争先恐后地开着
在这个初夏的早晨
在蜜蜂还没有赶到之前

我们不知道这棵树有什么感受
既没注意到树叶在幸福地颤动
也没有听到树对花的喃喃低语

我们只是在树旁默默地站了一会儿
谁也没有说话,悄悄地
把沾有花香的手,握在了一起

2019.07.04

儿童博物馆的色彩

不需要问路在哪里
室内大片大片的装饰色块
把我带回童年

那时候,太阳可以是蓝色
每一根光芒都是她的辫子
系着漂亮的蝴蝶结

那时候,小鸟的羽毛
可以和彩虹撞衫
七种颜色,是七个仙女下凡

那时候,听奶奶讲海的传说
只要愿意,我完全可以
在故事里和虎皮斑贝过家家

那时候……那时候毕竟远去了

即使色彩有意，无论怎么拉
也没法把我拉进时光隧道

我只是希望，希望在离开博物馆时
蹭一块颜色在袖口
然后，带它回家

2019.07.09

我们去看流星雨

我们去看流星雨
夜空有多么浩瀚
大地就有多么宽广
即使整条银河飞泻而下
也不会溅到界外

我们去看流星雨
满天的星星在看我们
它们一动不动
像是要和我们比试
看谁先眨眼睛

我们去看流星雨
夜渐渐深了,星星失约
依旧在和月宫里的嫦娥窃窃私语
根本顾不上从天而降
闪烁着划破天际……

回家的路上，经过一片树林
萤火虫显然比我们有耐心
它们打着忽明忽暗的灯笼
企图捡漏，拾到几粒
悄悄陨落，藏在草丛中的星星

          2019.07.23

大雁从头顶飞过

大雁还没有飞过来
叫声先行一步
于是,整个天空被雁翅敲响
更加辽阔与深邃

随后,叫声才牵出雁阵
这样的情景很像京剧
一阵紧锣密鼓
重要角色方才登场

疾飞的大雁,脖子尽可能地向前伸着
以至于把身子扯得很长
它们明亮的眸子里
盛满远方水草的丰润

轻易就能感觉出空气的流动
大雁列队从头顶飞过

像是顺手捎带拿走了什么
我的心里竟有了几分缺失

2019.07.31

同样是飞

一个小小的遥控器
就可以任意指挥玩具直升机
飞起飞落

还是蜻蜓好,不受人遥控
想怎么飞,就怎么飞
即使停下来,在枝头栖息
只要心情好,随时随地
可以玩一把
倒立

2019.08.27

弯弯的小路

月牙落在地面上
溅起一首首诗
还没等诗被人们读完
已经幻化成小路

弯弯的路,再怎么扯
也扯不直了
那么,就这么美美地弯着
走在这条弯路上的人
腰身也都弯曲
有着很美的弧度
远远看去,像是顶尖模特
T台上,一扭一扭
走着猫步

到了夜晚,弯弯的小路
就会回到天上

这时，有人指着弯弯的月亮说
我在那里走过

2019.08.28

啄木鸟

一下一下地啄
树干发出空洞的声音
叶子疼痛地抖动

寺庙。老僧闭目
一遍一遍地敲着木鱼
被声音簇拥的蒲团,软软的

啄木鸟用嘴巴啄木
每啄一下,头部震动
就像脑袋被重重地敲响

老僧用木槌击打木鱼
震动的,是香客的心
细看,老僧一脸平静,早已入定

同样是击打木头

老僧发出的梵音离不开香火和殿堂

而啄木鸟只需要一棵树

2019.09.03

蜂　鸟

比蜜蜂体积大
蜜蜂不认蜂鸟是本家
家谱上没有记载

比所有的鸟都小
所有的鸟也不把蜂鸟当同类
比如，蜂鸟能悬停空中，鸟不会

这样一来，蜂鸟不免有点尴尬
它生活在蜜蜂和鸟之间
用翅膀频繁地在边缘刷着存在感

以至于蜂鸟生性胆小
一有风吹草动，迅速逃离
嗡嗡声响，犹如持续发出的叹息

2019.09.08

一阵风吹过来

云怀抱一池水,快要走不动了
这时候跑来一阵风
从背后轻轻推了一把
池水晃荡,雨就落了下来

顿时,云轻松了许多
把先前的重负托付给了雨水
让每一滴雨水给苍茫大地
带去来自上天的慈悲

风没有逗留,继续赶路
接下来,它不再推搡某一片云
而是玩起了深沉,钻进唐诗宋词
把躲藏在字里行间的那些雨
逐一驱赶出来

2019.09.09

想要让自己飞起来

把整个秋天当作背景
包括被大地托举得很高的蓝天
包括淡淡的若有若无的流云
包括艺术剪纸般张贴在空中的雁阵
包括被秋霜染红的枫树林
还包括路边的一朵
盛开的不起眼的小野菊……

一个孩子在放风筝
他紧紧握住手中的线
一次次地奔跑着
想要让自己飞起来

2019.09.24

动物二题

1. 斑马与马

斑马是马
只是全身长满了
黑白相间的条纹

斑马与马不同
斑马从来不拉车
人们也从来不称它为牲口

斑马产自非洲
那里宽广的大草原
给了它野性，给了它自由

即使是在动物园
斑马也比马幸福多了
因为马连入园的资格都没有

假如，假如马有思想
发现斑马仅仅比自己多了一身迷彩服
那么，马还会拉车吗？！

2018.09.15

2. 猿与人

在动物园观看猿猴
谁又能想到，我们是在
穿越时空拜访祖先

在乡间，常有人家的堂屋
悬挂着祖先的画像
猿当属例外，从来不登大雅之堂

猿仍旧生活在原始森林
或居住在动物园
人的寻根求源，仅仅限于书本

在游客长年累月的围观中

猿猴将闷闷不乐地生活着
度过类似我们的前世，它们的今生

2018.09.16

花开时节（四首）

1. 海棠花开

我知道你的大红袖笼里
隐藏着一支支暗器
一旦袖口敞开
我将受到精准的一击

此时，南风已经启程
季节下达了大自然的密令
你还在等什么呢
一切都是神明的安排

来吧，我已做好接招的准备
放弃了仰望多彩的天空
放弃了对冬天单调色彩的埋怨
清理过的内心，已腾出容纳你的宽广与辽阔

你呀,就攒足劲儿施展魔法吧

告诉芬芳,时辰到了,该出击了

春天,有多少吐露的花蕊

我的心靶,就会有多少甜蜜的箭孔

2019.03.25

2. 杏花白

杏花开了的时候

想象中,酷似我的老年

白发苍苍了啊

花谢,枝头结杏

青涩的果实

紧紧攥住的,可是青春?

杏子熟了,黄里透红

整个生长的过程

疑似时光逆袭

杏花,是这样的吗?

现在，当我回过头来再看
杏花白得别有用心

2019.03.26

3. 迎春花

春天玩捉迷藏，躲在枝条里
南风发现了，跑到跟前，说出来吧
世界一下子就快闪成了明黄色

明黄色热烈而又显眼
明黄色用手抓住我们的目光不放
让季节的红绿灯，在明黄色中迅速转换

有趣的是，生活在海滨城市的我
轻而易举，就发现迎春花的每一根枝条上
都居住着一片黄海

2019.03.27

4. 花市·花事

我是个吝啬的人
这跟怀揣的钱包厚与薄
没有丝毫的关系

有衣穿时,我从来
不买多余的服装
即使打折,打1折,也不买

来到花市,纯属例外
我对花全无抵抗力
在花面前,在美丽面前,我坚决投降

我相信,假如某一天我穷困潦倒
手上还会拿着一枝花
就算离开这个世界,灵魂也会栖居于鲜花丛中

2019.05.31

轻轻地说（五首）

1. 二等功奖状

布质，状如
一面浓缩的战旗
或从粗布军衣上裁剪下的一块前襟

手工纺织。粗糙
细听，布纹里仍有纺车嗡嗡转动
仍有当初书写获奖者——我爷爷名字时笔墨浸润声

许是便于携带，这张奖状
才得以穿越烽火硝烟的战场
完完整整地留存至今

在我的印象中，爷爷生前爱喝茶
爱带我看京剧，看"杨家将"……
却从未向我讲过他的故事

多年之后,为了弄清奖状的由来
我一次一次在网上搜索"胶东五军分区"
一次一次兴趣盎然地在 20 世纪抗日烽火中的齐鲁大地穿行

2. 解放华中南纪念章

父亲中等个儿
远没有纪念章上的
那个手持战旗的军人高大

那一年,行军至南方的某座山中
军车侧翻,父亲受伤。与大山比
我怀疑他个子因此矮了一截

后来,每次我去南方
只要经过大山,目光总会一遍遍地搜寻
希望能够从中找到一些什么

现在,父亲去世十一年了
纪念章上手持战旗的军人仍旧那么高大
在军人身后,隐隐约约,是绵延不绝的群山

3. 青铜铸造的历史

一页历史
一段浓缩的时光

时间定格在 1949 年 4 月 20 日晚
长江上，鼓满春风的千万张白帆
连同那个持枪冲锋的士兵
一瞬间，凝成渡江战役纪念章的图案

我并不知道当年的那个夜晚
我的爷爷、奶奶、父亲和母亲
是怎样过江的
但我固执地认为纪念章上的那个士兵
分明就是他，或她

一枚小小的纪念章
一段青铜铸造的历史

4. 淮海战役纪念章

纪念章之所以选择圆形
是为了把它当作时光隧道的入口

趟过岁月之河,我走进当年的战场
第一眼看见的,竟是皑皑白雪

那是一个冬天,白雪覆盖大地
一支队伍向守敌发起了猛烈攻击

依旧是头顶白雪
依旧是身披银装

队伍中,有我的父亲
后来,父亲四十多岁,头发早早就白了

是雪花浸染了他的头发?
或是当年战场上的积雪再现?

以至于我固执地认为,淮海战役纪念章上原本绘有雪
只不过后来,春天来了,雪渐渐融化……

5. 268号胸章

1952年。一位女军人的胸章
部别：华东炮兵后勤部
编号：268

那一年五月，我刚出生
应当说，来到这个世界上
印象最深的，其中就有这枚胸章

胸章靠近乳房。胸章上
标有"中国人民解放军"字样
其时，喂奶，胸章紧紧贴着我的脸

我的母亲，就是上述
那位佩戴胸章的女军人
正值花开的年龄

母亲现在生活得很好
晚年的她，耳聪目明
我想她一定会记得当年的胸章编号268

2019.07.27-28

手里握着一把时光（六首）

1. 我收藏的一个宋代铁秤砣

一千多年了
拳头紧紧地握着
手心攥有战火、硝烟、愁苦、欢乐
或者，更多的是
难以评说

当年，它称过米面
称过百姓的市井生活
还应称过宋词
称过苏轼、辛弃疾
称过柳永、李清照
让《江城子》《念奴娇》《水调歌头》……
成为那个时代的骄傲

如今，我把它

放在书橱,与书为伴
它若本性难移
称过满橱的书吗?
上下五千年的历史
纵横四海的风云
该是多么的沉重

至于我写的几本书
就不要称了吧
那书的分量太轻太轻
若是称了
是对它历史久远的不尊
或是亵渎

其实,无论时光多么漫长
这个来自宋代的铁秤砣
从来也没有离开过秤杆
离开过秤星
看,那杆无形的秤啊
始终横在它的
头顶

2017.08.03

2. 一枚恐龙蛋

产下这枚蛋的恐龙
即使再细心,也把蛋弄丢了
一丢,竟丢了亿万年

现在,下蛋的恐龙
也许早已不知去向,也许
还奔波在苦苦寻找那枚蛋的途中

时光啊,请你帮忙,告诉它
我收藏的一枚恐龙蛋化石
极有可能是它遗落的

蛋壳上浅浅的裂痕
是侏罗纪时代的密码吗
是否需要与恐龙进行亲子鉴定?

蛋壳里的那个小家伙
还在蜷身酣睡吗
是否依然面带微笑,好梦不断?

许多时候，我会把手
轻轻放在坚硬或脆弱的蛋壳上
感受斗转星移、山崩地裂

感受生活中一个并不实际
却是来自远古年代
被化石紧紧怀抱着的期待

2019.02.03

3. 青花瓷油灯

灯亮在大清年间
灯捻很像那时男人的辫子
毫无生气地垂在灯盏里

不知是黑夜举起灯
还是灯举起黑夜
总之，灯如豆，光太弱了

某日，疾飞的马蹄声
拍打着紫金城的大红门

一个朝代灰飞，灯灭了

灯灭，不因为油熬干
只因风的强劲
灯盏上的青花，如同遍体伤痕……

我与这盏油灯之间
隔着漫长的时光
和一个不说也罢的话题

2019.02.05

4. 一根断牛角

十万年前。角断了
公牛悲愤地大吼一声
天边惊雷滚滚

也许是跌下悬崖摔断
也许是被山上的落石击中
也许是与伙伴嬉戏误伤……

但是，但是我情愿它的发生
是一次疯狂决斗的结果
是为了一头母牛的爱

如今，我收藏这根断牛角
就像收藏一柄利剑
相信天下的男子汉，没有理由不喜欢

2019.02.06

5. 陶马车

主人早已化作泥土
马车还在

马还在奋蹄扬鬃
车轮还在疑似滚动

车上满载虚拟的荣华富贵
还有一个用来陪葬的梦

若从这个意义上讲

梦并不空洞，一如这驾马车

现在，我最想做的
是卸辕，然后对马喝道：驾！

2019.02.06

6. 出自民窑的碗

同样经过高温烧制
民窑和官窑的区别
是天壤之别

这就划定了身份
一出生，注定了贫与富
且终生不可逾越

出自民窑的碗粗糙
盛的食物也粗糙
俗称，粗茶淡饭

不过，景阳冈的武松

是用这种碗喝了酒
才去打虎的

梁山泊的英雄好汉
也是酒后摔了这种碗为号
揭竿而起……

我曾经在南京朝天宫旧市场
花了一百块钱买下了五只碗
卖主是农民,说碗是从自家地里挖出来的

千年之后,这些出自民窑的碗
尽管包浆厚重,品相完好
却并不值钱

2019.02.08

诗意农庄（七首）

1. 农庄往事

一只狮子看中了一块地盘
毫不犹豫地站在地头撒尿
并以此占地为王

当初创办农庄过程中的某个细节
跟狮王的故事十分相似
当时庄主豪情万丈
拍板说：就要这块地了！

如今农庄办得红红火火
为此，我要郑重地向庄主建议
为了纪念那个精彩的历史瞬间
务必在当年撒尿的遗址
立一座方尖碑

2018.10.21

2. 诗人的想象

诗人们在农庄聚会
田间便长出了许多想象

想象中,秋玉米站在秸秆上
那是诗饱含深情,在向远方眺望

想象中,挂过果的蓝莓树
沉默寡言,却在酝酿来年丰收的诗章

那群"曲项向天歌"的大白鹅
注定是大唐诗人骆宾干派遣的特使

而那一垄垄鲜嫩的韭菜
再次把我们中某位女诗人的经典故事传扬……

我是诗人,自然不可免俗,于是我在想
自己是地里的一个瓜好呢,还是一棵菜更好?

2018.10.21

3. 一只名叫"Ugly"的狗

流浪到"绿色原野"农庄
流浪就成为历史
庄主收留了你

对于一只龇牙狗来说
亦有自尊心
庄主不直接说你丑,却称呼你"Ugly"

这是一个英语单词
发音阴阳顿错,朗朗上口
其实我和你都不懂外语,听了,洋气

此后,你成了庄主的影子
白天,庄主巡视农田,你是忠实的随从
夜晚,庄主寻梦,土地枕在你的耳畔入睡

如果农庄建有花名册
应当这样写道——
庄主:殷开龙;主管:诗;随从:Ugly

2018.10.21

4. 天高地阔

品茶、喝酒、聊天……
临别,诗人送我到门口
"拿着,地里种的",说着
递上一袋白萝卜,一袋紫玉米

曲线好看的白萝卜啊
长在地里,地仍旧平平展展
不像紫玉米,站在秸秆上
棒须扬起,天幕就被撩开了

恍惚中,我觉出了富有
左手拎的是大地,右手握的是天空
在白萝卜和紫玉米之间行走
天好高啊,地好阔

2018.12.08

5. 白萝卜

诗人送给我的
诗人写诗之余,租了一块地
把它们种得又白又胖

它们隐身在土壤中
地面仅仅露出一些绿叶
很像一群身着迷彩潜伏的士兵

这样也好,低调,不张扬
权当与土地私奔,自由自在
想怎么生长,就怎么生长

直到长得甜津津、脆生生了
咬上一口,哇,好爽
随后,不经意打个嗝,回味无穷……

2018.12.09

6. 一个朋友

年轻时，工作
和电打交道
电，光明使者，能量大
却隐形，看不见
影子一样跟着他
一跟，就跟了很多年

六十岁，退休了
租了 200 亩地
种菜、种瓜、种果树、种玉米
还养青蛙、养豆丹、养肥鹅……
阳光把脸镀成古铜色
一笑，牙齿很白

人这一辈子啊
活在看得见和看不见中

2019.08.29

7. "绿色原野"农庄

一般人给农庄起名
很少有这样的"文艺"范

叫一声"绿色原野"
不像是叫农庄,更像是吟诗

好在创办这个农庄的是诗人
好在叫得响亮的,也都是一些诗人

诗人想象力丰富
农庄+"绿色原野"=天地广阔

不信,你站在农庄的地头大喊
嗓音走得很远很远,且无回声

2019.09.28

第二辑

你用翅膀，轻轻拍打着辽阔与宽广

鸥　巢

把巢建在峭壁
让深渊近在咫尺
任凭涛声，日日夜夜梳理羽毛

没有哪棵草敢站在这里
石缝里只有海风掠过
偶尔遗落的口哨

也没有哪朵云在此歇脚
雷站不住，雨站不住
站住的，是悬崖，刀劈斧剁

对于你，最危险的地方
最安全。一个领地
让堪称老大的你，世袭了多少年？

在海之一方

在天之一角

你用翅膀，轻轻拍打着辽阔与宽广

2018.03.24

西连岛渔村

白天,把渔火藏起来
到了傍晚,随手取出时
一座小岛就被点亮了

波浪起伏,海面轻摇
疑似渔村在晃动
如同坐在船上

古老的故事讲了很多年
总是伴有晾晒鱼虾的气味
浓浓的,挥之不去

这些年,日子过得怎么样
无须黄花鱼用叫声一遍遍提醒
岁月——记着呢

今夜,该有一个好梦

朦朦胧胧的月光下

鱼群正在赶路,向附近的海面结集……

2018.03.27

海　钓

大海善解人意
仅仅用一根银线
就把我钓离了孤独与寂寞

事实上，我不如鱼
海里的鱼们多热闹啊
吐一个泡泡，就够乐上好多天

而我在车牛山岛
被万顷波涛簇拥着
看影子在脚下，一寸寸地缓慢移动

辽阔的海洋
把我和岛屿衬托得
格外渺小

原以为与世隔绝

幸好手中有一根钓竿

把我拽了回来

2018.05.05

海　鸥

一只海鸥落在我面前
翅膀下裹挟的风迅速退去
退成远方辽阔的天空

我也在退，退到四十年前
那时候，成群的海鸥
是我青春的记忆
我在一座小岛上驻守
大海托举着我，让肩头枪刺
挑起日月星辰
现在，这只海鸥扭头看着我
它的眼睛竟然是蓝色的
它在用目光，递给我
一片浓缩的海

2019.06.18

那片被朦胧月光爱抚的大海

离开大海的时间久了
我会迷失自己
皮肤找不到湿润的感觉
喉咙越来越干涩
就连话语都控制不住地生硬
像是牧人为了赶羊甩出去的石头

我走之后,海边
少了一个深情眺望的人
我走之后,海风注定为了寻找
心急火燎地发疯发狂
更别说那些潜在水下的鱼群了
我们曾经的约定,岂能说没就没了呢

今夜,那片被朦胧月光爱抚的大海
如果只有一盏闪烁的渔火
那一定是我不远万里

用绵长的思念
点亮

2019.09.23

在岛上居住的那些日子

每一天,都要被海风
携带的盐反复腌制
每一天,都要头枕大海
搂着滚滚波涛入眠
每一天,水下窃窃私语的鱼
都让我们的耳朵不再清静
每一天,礁石上飞起飞落的海鸥
都在驱赶散落在身边的孤寂

凡是进出小岛,都要坐船
让碧海托举着,让浪花托举着
让辽阔托举着,让宽广托举着
无须徒步,足不出舱
就可以丈量海平线

居住在小小的海岛上
居住在一片蔚蓝之上

随便往哪座礁石上一站，我们
就有了顶天立地的感觉

2019.12.01

退　潮

需要多么大的能量
才能在短时间内
把海平面降低，再降低

此时，潮水哗啦哗啦退去
一片蔚蓝，被无形之手揭开
礁丛狰狞，不再遮遮掩掩

卧在礁石上的鲍鱼继续吐着气泡
全裸的牡蛎和海星抓紧时机享受着日光浴
海葵则顺着水流摇头晃脑，沉醉于某一片涛声

远处，一艘沉船的桅杆
小心翼翼地举出水面，恰好
为一只海鸥提供了临时栖息地……

潮水退向远方，海滩空旷

我跟在一只沙蟹的身后悠闲散步

且不问潮涨，不问潮落

2019.12.02

海　星

红、黄、橙、蓝、紫……
同样是五个角
比天上的星星色彩丰富

据推算，星星的年龄
要大于海星，那么
海星是从天上掉下来的吗

如果是那样，两者有着血缘关系
天上有一条璀璨的银河
海底，同样星光灿烂

于是，一个在天空大放异彩
于是，一个在水下点缀深邃
海与天，总是那么配合默契，遥相呼应

那么，世间还有什么不能融合的呢

一颗星,就是一颗图钉
把生活中的现实,钉在了无限可能上

比如说海星吧,水下住得久了
为寻觅回家的路,时不时
翘起某个角,指认天空

2019.12.03

在岛上

小岛太远了
躲在天边
不注意,看不见

小岛太小了
比一朵浪花要大
比一朵云要小

岛上居住着清一色男子汉
当然,也有雌性
那是水中的鱼,空中的鸟

一天,某电视台前来拍摄专题片
一位美女主持人乘船进岛
她登上码头,无须打光,小岛就亮了

拍完节目,女主持人走了

像一阵海风轻轻掠过
树梢仅是晃了晃

过后,再也没有女人上岛
过后,女主持人留下的身影
在岛上,若有若无,时隐时现

又过了许多年,听说
那位女主持人离任,不再出镜
可是在岛上,她的形象历久弥新

她依然在岛上主持着节目
她依然那么年轻、漂亮
而我们,依然是她的忠实观众

2019.12.03

飞　鱼

前世是一只鸟吗？

许是转世时误入
把碧海，当成了蓝天

然后，就有了腮，可以呼吸
然后，就有了鳍，可以游水

与此同时，长出了翅膀
从而印证了基因的不可改变

常常成群结队跃出水面
是对飞天的向往，还是眷恋？

飞翔时，翅膀频频扇动
凌空奏响的是进行曲，还是雷鸣？

生在海洋啊,心系蓝天
海天叠加,拓展的是无限空间

恍惚中,我不由在想,我的前世会是什么呢?

2019.12.03

台风要来了

台风要来了

海面格外平静
浪花含羞,不再绽放
涛声特别温柔,轻轻说着
糯糯的江南吴语

台风要来了

扁嘴海雀纷纷归巢
守着幼小的儿女
目光在远方搜寻,每一片云
都要反反复复安检

台风要来了

我身体的关节缝隙处

那棵多年生长的消息树
叶子哗啦哗啦作响
树干倾斜，马上就要倒伏

台风要来了

每一个在岛上生活久了的人
身体内部都会安有报警器
那是无数次风浪为生命设置的密码
那是人与大自然相互沟通的秘境

台风要来了

2019.12.05

一朵迷恋小岛的云

三朵五朵的云
没有片刻的停留
相继飞走了

唯有一朵云留了下来
悬停在小岛的上空
盛开成莲花

海风左拉右扯——不动
海浪又催又撵——不动
瞧,那朵云,心劲好大啊

很多年过后,我恋爱了
我从恋人的眼睛里,找到了
那朵云不离不弃的理由

2019.12.07

我尾随这群鲸鱼走了很久很久

鲸鱼群带来了一座座小山
那些小山让大海安静了许多
山是浮动的,随波逐浪,起起伏伏

我惊喜的目光自然而然成为牧人
稳稳地骑在鲸鱼背上
涛声阵阵,那是我最爱的牧歌

这群鲸鱼仅仅是过客,来了
把大海衬托得格外宽广;走了
海也未见丝毫的消瘦

倒是我尾随这群鲸鱼走了很久很久
一直从二十世纪七十年代
走到今天,仍旧未从往事中走出

眼前的海,还是当年的那片海

脚下的岛,还是当年的那座岛
只是,只是鲸鱼们一去,不再回来……

2019.12.07

居住在涛声之上

吃在涛声之上
睡在涛声之上
就连写诗,也在涛声之上

与其说居住在小岛
不如说终日被涛声托举着
涛声的节拍,就是我心跳的节拍

多年来,只要说起涛声如何雄壮
不免带有自夸的暗示与嫌疑
其实,人与涛声早已融为一体

——我的嗓门涛声一样高亢嘹亮
——我的快乐涛声一样无边无际
——我的激情涛声一样经久不息

涛声来自于大海

大海用涛声,让我的每一个日子
饱满、充实,而又轰轰烈烈

2019.12.09

小　路

岛上只有一条小路
一头系在山顶
一头拴着码头

往往天上的云啊星啊
会扮成田螺姑娘，顺着小路
走进我的日常生活

往往海里的鱼啊虾啊
会在小路的另一头等我
和我聊天，聊得天高海阔

小路很瘦，如同一根细藤
紧紧贴着山崖攀爬
海风吹了一年又一年，岿然不动

巨浪拍打，狂涛恐吓

即使整个海洋剧烈晃动
小路依然如故

后来,在岛上住久了
我才发现脚下不止一条路
小岛,只是始发站

比如,乘船出岛,走海路
比如,插翅飞翔,有天路
约吗,远方?

2019.12.09

我在海岛写诗

不提风暴与浪花
不写涛声与渔火
甚至不将海鸥或海燕入诗
免得落入俗套

要写，就写辽阔与高远
写汹涌澎湃的激情
写美丽的孤寂
让笔尖醮着深蓝

小岛很小，但不妨碍
诗歌的外延很大
小岛很远，但不影响
诗歌离读者很近

必须将所有的作品，幻化成鱼
不露声色地潜入水下

每一个字,生鳃,能够自由呼吸
每一个词,长鳍,泳姿绝对优美

还要努力地尝试,让诗歌
骑在海豚的背上远行
海天之间那片洁白的帆
是诗意在心灵深处的投影

啊,我在海岛写诗
把带有淡淡咸腥气息的海
引入字里行间,然后交给阳光
经反复晾晒,直至结晶

2019.12.10

芝麻开门

小岛太小,反倒促使
想象力持续生长
就像一群海鸥刚刚飞走
一群海鸥又飞了过来

比如说,大海是巨大的藏宝洞
我是传说中的阿里巴巴大盗
蔚蓝色波涛覆盖下
有我取之不尽的财富

就说鱼吧,身上的鳞片
是纯金和白银锻造
虾的外壳,采用和田玉制作
而水草,一律由极品绿翡翠雕刻

就说夜晚吧,银河落入水中
每一粒星星,都是一颗钻石

弯弯的月亮载着整个唐朝
沉在海底,价值连城

就说朵朵白云,超低空飞行
那是上苍在海上放牧马群
天是蓝的,海是蓝的
就连马的嘶鸣声,也是蓝的

告诉你,我的藏宝洞不用钥匙
输入的密码,是刚刚出炉的诗
需要收获了,读罢诗,只需对着大海喊一声
——芝麻开门!

2019.12.12

一朵开在岛上的小花

要不是我在岛上
就没有人看见你了
一旦花季过后
等待你的,又将是一年

是为了展示给我看吗
你从石缝里钻出来
弯弯的枝头,顶着小小的叶片
顶着一天的风和雨

海鸥用翅膀拍打着礁石
说春天来了,这时,你就开花了
你用悄悄绽放的一星艳红
在小岛眉间,点上朱砂

花开的日子里
小岛快乐得像个孩子

瞧，风中，花枝摇曳
就连我和小岛，也跟着起舞

2019.12.12

在岛上,与风暴对饮

平日喝酒,不算真正的喝酒
只有在风暴袭来时,那酒喝起来
才叫豪爽,才叫痛快

前提必须是无船进岛,中断供给
届时,炒一把黄豆就酒
什么风大、浪高,统统滚一边去

来吧,风暴,咱们干一杯
杯中盛着辽阔的大海
盛着我的万丈豪情

你能把巨浪浇在我的头顶
我就能把你撞得粉碎
看谁能够敌得过谁

喝一杯,胸中揣着一团烈火

喝两杯，足以跟你较劲打擂
喝三杯，我便是当今酒仙李白，不知什么是醉

不是吓唬你，风暴，小样儿
别惹我，惹恼了，别怪我
把你撕吧撕吧，当成下酒的菜

2019.12.14

车牛山岛南码头

退潮后,露出水面的那部分
被牡蛎覆盖,它们一个挨着一个
紧紧捂住一个多年的秘密

码头上,用来拴缆绳的铁桩
暗红的锈斑,如同从未愈合的伤口
至今,仍在渗血

我知道,1938年,并不遥远
那年,日军占领小岛,并修建码头
枪刺映得日月苍白……

此后,每每有船停靠车牛山岛
发出的那声嘹亮的汽笛
都是警钟,在鸣

以至于回回踏上码头,我都要驻足

任由海风吹拂,然后沿着小路拾级而上山顶,有我镇守海疆执勤了多年的哨所

2019.12.14

致岛上的一棵柳树,兼致自己

只因生长在岛上,整日
被风推搡着,被浪簇拥着
就有着比同类
更多的艰辛

二十岁,正值青春年华
却过早地衰老了
瞧,树皮粗糙,树干皱裂
腰身,早早地弯曲……

能够生活在一座海滨城市
我很庆幸
要珍惜每一个日子
好好地活着

2019.12.14

关于路的识别

1

我是路盲。在我生活的小城
上街经常走着走着,就迷路了
妻子说,幸亏有手机导航,要不找不到家

2

第一次来到这座海岛,两三分钟
我就搞定了所有的地形地物
妻子疑惑,咋回事,莫非要闹地震?

3

我说,在我当兵的岁月里
驻守过海岛。我听得懂波涛的语言

涛声给我指路

2019.12.14

海阔赋

数不清的鱼生活在海里,并不觉得拥挤
居住面积多少平方米,对它们来说,没有丝毫意义

何况还有海星、海葵、海胆、海带、海藻
何况还有月影、星光、浮云、渔火、落霞……

一艘沉船可以酣睡海底千年,并不妨碍虾走蟹行
一树红珊瑚可以长命百岁,亦不影响其他水中植物生长茂密

在我眼里,原本很小的海岛,对于海,更小,如同一粒尘埃
而站在礁石上的我,水面拉长的身影,细浪一摇,转眼就没了

海的辽阔,让我无论走到哪里,只要想见,就能够看得到
因为百川归海,哪里有水,哪里就有海的踪迹

于是乎,在这个世界上,我从没有离开过大海

即使有一天找不到我了，那定是我深藏在一片浩瀚蔚蓝之中

2019.12.15

长在树上的手机

去问移动或是电信公司
凭什么你们仅仅让发射的信号
透过偌大天空中的一个微小缝隙
针尖般聚焦在小岛的一棵树上

莫非,是在有意刁难小岛
或是误把树干当成了接收天线
让风中每一片摇曳的树叶
像中了彩票而热烈鼓掌

守岛的人啊,只能在树下使用手机
树冠如伞,盖起了奇特的电话亭
他们每每打完电话,嫌拿着累赘
会顺手把手机挂在树上

日子久了,结了手机果实的树,容纳了海量信息
它知道世界上发生的许多事

知道守岛人情感有多么丰富和细腻

还知道每一个传奇,都是从平平淡淡的生活中提取

2019.12.16

海风吹

海有多宽广,风就有多辽阔
海风从春季,吹到来年的春季
一点也不觉得累

有时风猛,海面所有的浪跟着起哄
有时风轻,云朵会悬停在空中打坐
有时看上去没有风,鹰翅张开,蓝天却在旋转

从远古年代起,海风就吹个不停
小岛并不在乎,任凭风怎么刮,模样依旧
而我,在岛上居住不久,就被风吹得黑红黑红

2019.12.17

达念山岛

大陆架把你托举出海面的岁月悠久而又漫长
相比之下,我曾作为军人,守岛的日子却十分有限
那一年,我进岛,只带去一个背包、一个军用水壶、一捆书
调离小岛时,行装依旧,分量却增加,交通艇吃水线深了

现在,我已退休多年,可以解密,告诉你了
当年,调离达念山岛时乘坐的船为什么吃重
那是因为,我在心海,悄悄揣了一座面积 0.115 平方公里的小岛

2019.12.17

在岛上住久了，要学会说话

要学会和云朵说话
语气要轻，语速要慢
说话时，眼睛应看着蓝天

要学会和海鸥说话
把说话的重音落在它的背上
让它驮着飞，不要掉下来

要学会和风暴说话
要大声，冲着它吼叫
即使嗓子充血、冒烟，也要吼

甚至要学会和自己的影子说话
你走到哪，就把它带到哪
这样，孤独和寂寞就会被踩在脚下

在万顷碧波簇拥的小岛上

学会说话，是生存的基本技能

何以见得？瞧，交头接耳的礁石与细浪正在现身说法

2019.12.19

补给船要来了

早早地爬到山顶
朝补给船要来的方向眺望
眼睛望酸了,已抹过三次泪

风暴走了,把供给中断的日子
也带走了。一个多月来,酱油泡饭
我都忘了蔬菜和肉的滋味

终于,要来船了,守岛人纷纷
开始咽口水,喉管咕嘟咕嘟的响声
竟把波涛的轰鸣压低了许多

就在补给船钻出海天缝隙的瞬间
我下意识回头,倏地看见身边站着一只羊
圆圆的、漆黑的眸子里,燃烧着如火的渴望

即使在风暴肆虐的最艰难的日子里

我们也没有过用羊肉充饥的念头
羊知道我们对它有多么的好

此刻，我望着羊，羊望着远方
望着那艘补给船一点一点地向小岛接近
我的泪，禁不住哗哗地流了下来

羊啊，也和我们一样，忍饥挨饿多日
现在，船要来了，我决定卸船之后
要做的第一件事，是立即熬一锅米汤，喂羊……

2019.12.21

写给那片辽阔的蔚蓝

天是蓝的
海是蓝的
我的梦,也是蓝的

一天接着一天,在岛上
与辽阔的蔚蓝相伴,以至于
我的一生都被改变了

比如,喜欢穿蓝裙子的女孩
当她的秀发拂过我曾经握着的钢枪
枪上烤蓝,格外幽幽地泛着蓝光

比如,喜爱居住在海滨城市
空气里必须要有海的气息
推开窗,蔚蓝就会一头扎进怀抱

蔚蓝,给人的感觉是深远

作为幸运色,那将是我唯一的选择
希望我的一生,注定是那种格调

顺便透露一下百年之后对于那件事的安排
我和爱妻早已约定,双双魂归大海
把我们毫无保留、完完全全地交给那片辽阔的蔚蓝……

2019.12.27

一如既往

海带如绳,生在水下
是为了把小岛
牢牢固定在大陆架上吗?

海上多风,也多浪
风浪袭来,小岛就会摇晃
该不是幸好有海带拴着,否则……

此时,一根海带被浪打上岸来
请不必惊慌,有守岛人呢
守岛人在,自会加重小岛的分量

你看,小岛一如既往
大陆架一如既往
就连风啊浪啊,都一如既往

2019.07.16

第三辑

行走的光,点亮了一生多少灯盏

猜一猜,祖先来自何方

张开想象的翅膀
向着远方自由地飞翔
那个一头褐色卷发的先生
那个眼窝深陷的姑娘
那个长着蓝眼珠的孩子
还有那个老人挺着高耸的鼻梁
你敢说他们是你的亲戚
你和他们同属一个故乡?

你能想象比萨和葱油饼
哪一个更对胃口,吃起来更香
你能想象古罗马的斗兽场
与骊靬村附近的那座古城墙
经建筑学 DNA 的比对
有着哪些更多的接近与相仿
你能想象意大利半岛的台波河
除了流经拉丁姆平原

还在遥远东方一个名叫永昌县的地方
掀起了惊世骇俗的无形波浪

遥想当年古罗马军团兵败
一支人马沮丧之中开始了逃亡
是为日后奇迹展现埋下伏笔
还是为了宣示生命力的顽强
一粒种子落入黄土地
来自异域之花由此绽放

世界真大
大得超出了我的想象
而此时，我不想听小蝌蚪找妈妈的故事
不想去猜你的祖先来自何方
只想去吻那个金发飘逸的村姑
就像是吻某国皇家女王

2015.05.31

在文殊山看壁画

面对石窟里的满墙壁画
我轻声地问自己
你还有什么东西放不下

几千年了
那些彩绘的法图、七佛、伎乐天
以及其他
以一种姿势,一站
就站了无数个春秋与冬夏
如果是有血有肉的人
该站成仙了吧
如果是有灵有魂的人
该把凡身修炼成了菩萨

石窟外面的世界
辽阔而又广大
即使站在并不算高的文殊山上

目光的骏马,也能驮着你奔向天涯
尘世间太多太多的俗事
注定了太多太多的牵挂
眼不见为静,其实不算个啥
眼见心乃静,那才叫修行到家

在文殊山看壁画
世界可以小到壁画的某个局部
也可以超越现实
很大很大

2015.06.01

雾从湖面漫过来

雾从湖面漫过来
漫向芝加哥
高高的楼群被雾托起
整个城市在浮动

密歇根湖里有鱼
那鱼一定很大很大
鱼是乘雾游来的吗
芝加哥骑在鱼脊上
开始了它的旅行

那天,我恰巧在芝加哥
于是,城市在走,我也在走

我总是在走
从遥远的中国,来到大洋彼岸
又来到密歇根湖畔

在我的前方，注定还有
童话故事里的湖光山色
诗人李白津津乐道的月光
金翅鸟背上驮着的夕阳
以及远方若隐若现的姑娘
人的一生要走过很多的地方
美丽的湖水留不住我啊
行走，我总是在路上

不久，一阵风吹来
雾渐渐散去
从鱼背上走下来的芝加哥
水洗般清新靓丽

芝加哥不走了
我仍在走

2015.06.24

夜宿赛里木湖畔

怀抱一池湖水入睡
幸福的人啊
你的梦注定特别滋润
有花在开,星星点点缀满岸边
有树在长,高举着蓝天和白云
那群吃着青草一脸笑意的羊呢
那座飘着炊烟洒满阳光的毡房呢
还有那骑着马儿的哈萨克姑娘
笑声洒落一地
任你去捡,任你去拾

此时,就不去想那前世了吧
也不必去想那今生
要想就想如何在赛里木湖边
静静地守望
让时间,成为永恒

今晚，刚刚下过一场雨

月亮肯定升起来了

掬一捧清亮的湖水

手中的月光

如银

2015.06.30

过祁连山隧道

过祁连山隧道
在我的上方是列车车顶
车顶之上 是厚厚的山体
而山体之上,便是白雪皑皑的山峰了

神奇吧,头顶着雪山在旅行
我成了童话故事中的大蘑菇
拍打着无形的翅膀
穿越在中国大西北的七月里

其实,人的一生
应有无数次的穿越
穿越之中,你才知道世界之大
才知道生活多么风采多姿
才知道历史离你近在咫尺触手可及
才知道现实,是多么的神奇

隧道很长

一如我起伏绵延的思绪

直到列车穿过隧道

猛然发现,季节已经转换

窗外大片的油菜花

开得好艳丽

2015.07.08

三 月

三月,该是下扬州的日子
该双手抱拳遥对黄鹤楼依依作别
该邀约定格在唐朝的那叶孤帆
一同推杯把盏,去饮二十四桥下
被轻风细浪摇碎了的月光
酿造的美酒

沿岸的垂柳,当是飘逸的裙带
轻轻束在瘦西湖的腰上
好一个恰如其分的"瘦"字啊
让柔美,更加柔美
让妩媚,格外妩媚
让梦中的整个江南
想必都是如此的窈窕多姿?

说来,我一向喜欢腰细的女子
这或许与瘦西湖不无关系

自古以来，扬州城多出美女
所以也就多了用来遮面的花纸伞
多了像我这样爱看女人的男子
谁让我的祖籍是在扬州呢
撒一张大网，又有哪个扬州美女
不与我沾亲带故、同祖同宗？

那么，就让传说中的那个妹妹
来和我叙叙乡情好了
找一家烹饪淮扬菜的小饭馆
点一份加蟹黄的大煮干丝
点一笼糖馅的雪菜富春包子
再点一盘正宗的扬州炒饭
至于酒就免了吧，喝茶
喝碧螺春，早上"皮包水"
晚上"水包皮"
要当，就当一回地地道道的扬州人

三月，该是下扬州的日子
那里的杏花张开粉嘟嘟的小嘴
焦急地催促我快快出行
那里的桃花也耐不住性子了

面红耳赤，说再不走就断绝交情

啊，下扬州，扬州城该有我

多少的牵挂与思念

而此时，虽然我身在连云港

可远方古城南河下文化街

正演出扬州评话的老茶楼内

却有另一个穿越时空的我

听得如痴如醉……

2016.03.15

荷花街

没有荷花的街道
为什么不能叫作荷花街？
荷花可以虚拟
我想象中的蛙鸣声在哪里
那里就可以是一片荷塘

比如我可以把肩头的枪刺
想象成小荷刚露出的尖尖角
可以把一只静立的红蜻蜓
想象成军帽上缀着的那颗星
还可以把身着的绿军装
想象成我刻意要与荷叶撞衫
甚至，我把自己想象成荷
花开，那是我的青春在绽放

……都是一些往事了
荷花街还是当年的那条街

荷花街上的那座军营
还在当年的老地方
只是我回不到当年了
我把生命中一段时光的莲藕
种在了那片泥土里

如今，你要是来到荷花街
看见天空有朵近似荷花的云
那便是我用微信与岁月对话
打出的笑脸

2016.04.08

打马上天山

天山高啊
高不过马蹄
打马一跃而上
鹰在我的脚下飞翔

积雪覆盖的山峰
可是昨夜的梦乡?
我梦见自己是一弯明月
高高挂在九天之上

别说上山的路艰难
别说旅途多有风霜
我的马背上备有羊皮酒囊
那酒足以温暖一生的幸福时光

轻风啊,该送爽时送爽
流云啊,该隐藏时隐藏

老夫聊发少年狂

今天，我要做就做山大王！

这时该有歌啊

这时该有舞啊

这时我的马鞭轻轻一挥

天山上所有的雪花都在绽放

2016.08.19

巴黎圣母院的钟声

巴黎圣母院的钟声响起
却不见敲钟人加西莫多
他的背是否越来越驼
像一只负重的蜗牛
隐藏在时光的某个角落?

钟声是被大群鸽子衔走的
看起来钟声质地沉重
以至鸽子飞得很低
鸽子的翅膀呼扇呼扇
风中,钟声也就忽远忽近

——凯旋门听到钟声了吗
——埃菲尔铁塔听到钟声了吗
——香榭丽舍大街听到钟声了吗
——凡尔赛宫听到钟声了吗
钟声使用的,是纯正的法语!

伴随着钟声，做弥撒的人们
陆续走进教堂，在离
上帝很近的地方，心如止水
而我，却急速循着钟声穿越
穿越到 1831 年，去寻找
那个名叫雨果的人……

2016.08.20

石头、剪刀、布

和外孙菲利克斯
玩石头、剪刀、布
我们把这个传统游戏
玩成了我们之间的传统

面对太多太多的电动玩具
依旧选择这个简单的游戏
只为了让我们一出手
就能够呼风唤雨

石头,可以是一座大山
剪刀,可以视为利剑
布,则是容纳万物的天与地
来啊,无论出什么我们都在举重若轻

感谢这个游戏,让我
回到了童年的时光

我看见自己常常和一个小朋友
玩得兴奋，脸颊苹果似的红润

忽一日，我要回中国了
外孙到机场为我送行
临别，我们再一次玩起
石头、剪刀、布
并把它当成了隆重的告别仪式

"石头、剪刀、布"
"石头、剪刀、布……"
今后，也许我会害怕触碰到这几个词
它珍藏在离我心脏最近的某个柔软之处……

2017.06.29

倒时差

从地球的这一边
飞到了另一边
把数不清的高山大河
迅速抛在了身后

乘着飞机,我在飞
世间万物穷追不舍
一路上,那情景肯定非常壮观
一个人,竟扯着整个世界狂奔

许是奔跑得太快了
到家后,一时不适应
于是需要修复,等待落在后面的时间
跟上来……

2017.07.01

在凤凰古城

在凤凰古城
我迷上了苗家银饰
一个能够把金属
做成精美饰品
穿戴在身的民族
总是那么
银光闪闪

走在古老的街上
看银铺的工匠
在叮叮咚咚地敲打着
我恍惚觉得月亮
就出自那把小锤下

2017.09.10

青海湖,我来了

青海湖,我来了
羊群也就来了
牦牛也就来了
它们用目光和我对视
相互用听得懂的语言
进行问候

莫说深秋寒冷
初雪紧赶慢赶
也没赶过油菜花的花期
大片大片的金黄色
轻轻松松,就移来了早春江南

离湖不远的山头
戴着白雪编织的绒帽
一朵云恰好从它的帽檐下掠过
像是大山抿嘴微笑

呼出的一团淡淡的雾气

那座新垒的玛尼堆
是在和一湖碧水说话吗
细浪轻轻拍打着岸边
发出一阵阵低语

青海湖该有的景色
大多聚齐了
那么，还等什么呢
我该到湖边
走一走了

2017.10.16

在嘉峪关城楼上看落日

古老的城楼真的老了
老得举不动太阳
手臂酸痛,稍稍晃了晃
夕阳就西坠了

大漠的风刮过来
接着又刮过去
扬起的黄沙习以为常
对这样的画面见惯不惊

城门口,那个身穿盔甲的"哨兵"
手握仿制的古代兵器
关心的是如何赶在落日前
与游客合影,多赚一份辛苦钱

而我,却想从夕阳的余晖里
拾得一段久远的往事

看一看当年守城的某个士兵
是怎样被落日铸造成一尊铜像……

在嘉峪关城楼上看落日
与在旅游下榻的酒店落地窗前观看
效果大不一样
瞧，一枚落日的印章
正静静地盖在了时光上

2017.10.18

雪山之狐

匪夷所思,阳光灿烂
青海湖畔的油菜花正开
忽然就下起了大雪
好诡谲的雪啊,纷纷扬扬
是在暗示什么吗?

刮了一夜的风啊
在我们乘车出发时停了
停得戛然而止,竟然
没有一点儿预兆
奇怪,银装素裹的大地
却让我们感觉不出多少凉意

直到前往西宁的途中
在海拔四千米的雪山上
见到了奔跑的你
我茅塞顿开,醍醐灌顶

这都因为你是一只狐狸
你的家谱,千百年来写满了奇异故事

现在,你用粗壮的尾巴
拖着皑皑雪山奔走
你让一个洁白的世界迷路了
——不知是半推半就,还是半睡半醒?
看啊,你用爪印镌刻的梅花
在雪地盛开,朦朦胧胧
开得恍若隔世

隔着车窗,我看见
在山野尽情撒欢的你
忽而是风——却不是风
忽而是云——却不是云
忽而举起雪山——举起了酒杯
是要把我灌醉吗?
其实,酒未沾唇人自醉
我已醉倒在
古往今来太多太多的民间传说里

翻过一座雪山,你忽然消失了

与此同时，我发现车上多了一位美女

那模样百般娇媚，好像在哪见过

一笑，酒窝里弥漫出了疑似迷魂药的阵阵气息

这时，她看了我一眼

随后低头看书

看的竟是《聊斋志异》

2018.01.17

站立的河流
——观尼亚加拉大瀑布

河流习惯躺在地上
躺成与生俱来的样子
每当它站立时
河床注定断裂成为悬崖

站立起来的河流
仍是河流，效果却不同了
流水从天而降
瞬间，打通了天地间的经络

经久不息弥漫开来的雾气啊
是河流身体的一部分
河流的体积由此急速膨胀
极大地刺激了岸边风光疯长的欲望

看啊，一只鸥潜入水簾

当它再次现身时
湿漉漉的背上，驮着
一个有关河流家族的湿漉漉的故事

其实，站立的感觉真好
这不仅仅对于河流
人与动物的区别之一
亦如此

2018.01.22

新信天游

对着天空吼一嗓子
歌声撞到对面山上折回来
说黄河听到了

羊肚白毛巾头上扎
云朵误以为有了栖歇的地方
索性，不走了

羊皮坎肩穿在身
总是光板样式
歌声落不上，滚了一山坡

唱渴了，唱累了
就近从树上采枣儿吃
再唱，歌声里就有了枣香

唱的都是情歌啊

唱到动情处

遍地落满了泪蛋蛋

2018.02.09

落霞沟

不必去问,先有落霞
还是先有沟

一朵梦游的红霞
落地生根,长出了村庄

村头那棵老榆树耳聋
风说的话,已全靠鸟儿传递

石头砌的房子也老了
炊烟越来越细,托举起来仍旧吃力

倒是放学归来娃儿细嫩
红扑扑的脸蛋,把几株野花挤兑进了墙角

傍晚,谁家的猫在屋顶叫春
一不小心,踩碎了瓦上朦胧的月光……

落霞沟,对不起
你草叶上宁静的露珠,被我的诗碰落了

2018.03.10

在梓路寺吃斋饭

中午，有必要在梓路寺
吃一顿斋饭

有必要像方丈那样
餐前双手合十
默默诵经
感谢上苍和大地
赐予了我们美好的食物

有必要把
晨钟暮鼓的余音
敲响木鱼的虔诚
青灯下，翻开的经卷
甚至打坐的蒲团……
当作营养
滋润我们的记忆

有必要在生活富裕

有大鱼大肉时

吃一顿素食

不光让肠胃减负

还要不让过多的欲望

把我们搞得太累

有必要从今往后

远离油腻，让日子清清淡淡

2018.04.14

猫山王榴梿

果实熟了,从树上落下
总是选择在晚上
许是晚上有很美的月光

果实落下来之前
先落叶,在树下铺好柔软的床
再等待心动时刻的到来

果实的外壳长满刺
内心却很柔软
剥开,绽露出金子般高贵的嫩黄

作为顶级榴梿之王
闻起来,似乎有点臭
吃了,微苦,余味浓香而又绵长

在马来西亚

猫山王榴梿竟然让我们
对这个国家的热情，增加了几分

2018.05.30

在美国包水饺

水饺的魅力有多大?
远在异国他乡,每包一次
等同于回一趟老家!

不管你调什么馅
都是老家特有的味道
还没吃,仅仅闻了闻,就醉了

半个地球的曲线距离啊
敌不过饺子的长度
捏起的饺子边,如拉链,锁住了多少情怀

当一锅热气腾腾的水饺下好
倒一碟醋,剥两瓣蒜,再加几滴香油
内心的大江大河就开始波澜壮阔了

都说太平洋宽广辽阔

味觉足以以光速,瞬间
抵达故乡

2018.07.11

今晚露营

今晚露营

帐篷是大地竖起的耳朵

为的是倾听天外的声音

流星雨会划破夜空吗

那是谁在银河泛舟荡桨

今晚露营

月光分工拖住时光

萤火虫负责营地的照明

篝火抹淡了一弯月牙

烧烤的香味渗透了我们聊天的话语

今晚露营

我们离浩瀚星空很近

离缤纷往事很近

离多彩的梦很近

手一伸，指尖沾的全是蜜

今晚露营

旷野无边,四周静谧
被苍茫大地紧紧地搂在怀里
头枕小虫低吟的摇篮曲
我们的睡姿,如同婴儿

2018.07.13

走在石象路神道上

走在石象路神道上
往往你会在现实与虚构中纠缠不清
路旁,一边是狮、骆驼、象、马
一边是獬豸、麒麟
也就是说
一边是生活中的真实
一边是神话里的传说

狮子告别了它世袭的领地
骆驼把驼铃遗留给了沙漠
至于大象和骏马
也早已把故乡丢弃在了身后
那么,獬豸、麒麟呢
它们到来时脚下踩着的那片祥云
如今又飘落在何处?

不管怎么样,它们的结集

带来了草原的辽阔、大漠的雄浑
带来了森林的宽广、荒野的生动
以及神灵无所不在的
大地与苍穹

这样一来,这条神道
就有了神奇,有了灵性
它的长度,可以有限
亦可以无限延伸
它的宽度,可以拓展
只要需要,足以与你的想象同步

来到南京明孝陵
走在石象路神道上
你会感受到岁月的漫长
感受到路的两侧
六种石兽以其强大的气场
托起的,不仅仅是帝王的梦

2018.10.21

秋天，去花果山看银杏树

同样是银杏树
同样在秋天身披黄金甲
却有着很大的区别

比如花果山上的那一棵
与寺庙为邻，千百年来
听了多少经书的吟诵

看小沙弥是如何渐渐老的
看高僧是如何主持最后的晨颂
看香客是如何一拨来了，又一拨离去……

经历得多了，就不一样了
这连我在树下站一会儿
内心便不再云水荡胸

2018.11.15

玉兰花开

用整个春天斟满酒杯
再把酒杯高高举起
这时有风吹来,杯子晃了晃
还好,酒没有溢出来

酿了一年的酒啊
阳光、细雨、寒露、冰雪……依次发酵
才有了这酒的醇香、浓烈
才有了这沉醉的三月

恍惚中,云朵低飞,晃晃悠悠
可是贪杯喝醉了?
看几只鸟儿拍翅斜斜地飞去
是否已有酒驾嫌疑?

我是酒坛新秀,酒品也好
来吧,一杯接一杯,开怀畅饮

须知，玉兰是连云港的市花
那么，与家乡干一杯吧，然后

摔杯为号，当一回大盗
把所有杯中的酒掠走
用来敬山敬海，敬千年前我敬重的李白
向他讨教，如何为玉兰写一首好诗……

2019.03.22

芝加哥

用中文念这个城市的名字
尾音,也就是最后一个字
总让我想到哥哥

在家里,我没有哥哥
好在芝加哥也不像
——白皮肤,高鼻梁,凹眼睛,灰头发
说起话来,爱耸肩
或是伴有夸张的手势……
一看,就不是同祖同宗

我喜欢美国人的叫法
——"几嘎锅"(译音)
瞧,撇得多清啊
跟"哥"没一点儿关系

旅居芝加哥

远离故乡的我,时常会
指着这座城市调侃——
Hi,我才是你哥!

2019.09.11

湖边的民居

站立在湖边
是为了从倒影中
更加清晰地看见自己

看那粉墙黛瓦
依旧是徽派经典的样式
门旁一根竹笋,轻易泄露了与土地的关系

从屋里流淌出的方言
流进水里,风起时
满湖荡漾着浓浓的乡音

马头墙投下的倒影
已成为水生植物
在湖里,生长了一年又一年

2018.04.22

滋 润

五月，在泰国旅游
我们仍旧用泼水
把一个传统节日延续下去

狂欢是必须的
泼出的水，可以是河
可以是江，也可以是海

甚至，我们还可以
把自己当成水泼出去
从此再没有花朵因为渴而不能如期绽放

泼水啊泼水，只有
我们湿透的衣服裹着的灵魂知道
该需要怎么样的滋润

2018.05.22

芝加哥便签（二首）

1. 游览车从大街经过

游览车从大街经过
一不小心蹭着了满大街的景色
你看那五彩缤纷的车厢
都是美景叠加的结果

美景载得多了，车就重
它在街上缓慢地行走
路面微微地颤动着
像是欢快的心情在向四处扩散

一座城市是否值得观光
就看有没有这样的游览车
就看游客愿不愿意买票乘坐
其实，我说了没用，市场说了算

2. 停泊在港湾的游艇

每次来都看到这样的情景
游艇密集地拥挤在港湾
像是在等待着什么
又像是闲得无所事事

偶有几片三角形白帆
在湖面缓缓移动
那是沉睡中的游艇
大白天梦游

能够把这么多游艇当作风景
长年累月停泊在港湾
富有的芝加哥啊
你是不是太奢侈了？！

2017.06.22

时光落在荒原上（五首）

1. 鸣沙山

一粒沙的滑动
是快乐的
其声如同天籁
那么，一群沙呢？

落日一遍一遍
把沙山镀亮
到了晚上，亮亮的
还有淡淡的月光

骆驼的梦话很轻
轻如一片红柳的叶子
竟然悄悄地
把沙山垫高了一寸

沉寂得太久了
不能不歌唱
特别是风起的时候
歌声格外嘹亮

2017.10.09

2. 在莫高窟看壁画

戴着的耳麦里
讲解员咬我耳根
在悄悄地说话

而我目光的手
在壁画上轻轻触摸
触摸敦煌的故事

耳朵与眼睛的距离
可是现代与古老的距离?
千年的风云,从容飞度

壁画上入定的那尊佛

站了多久了？浅浅一笑
时间就凝固了

2017.10.10

3. 远眺玉门关

当年摇响的驼铃
摇着摇着，就失踪了
当年守关的士兵
守着守着，就消逝了
当年的玉门关
也没了，如今的是替身
一座复制品

时光落在荒原上
亘古不变的，是风沙
是雄浑与苍凉
是落日与月光

试想，假如没有
唐朝王之涣的《凉州词》

也许就不会有这疑似的玉门关
也许就不会有我的造访
以及这远远的眺望

玉门关
活在诗歌中吗？

2017.10.11

4. 我不喜欢

我不喜欢
这千年的胡杨
死了，还不倒下

我不喜欢
它们失去了生命
千年不腐，不回归泥土

我不喜欢
已成为一具具僵尸
还容忍那么多游客观光

就像我不喜欢

它们的寂寞与孤独

以及所谓的坚守

就像我不喜欢

它们枯萎的容貌

以及失去了的尊严

我要是胡杨

某一天,倒下了

决不占有世间一寸土地

2017.10.15

5. 驼 铃

游人如织的旅游景点

没有正宗的驼铃

那些纯属赝品的驼铃声啊

虽然伴随过落日,亲吻过黄昏

也曾被纯洁的月光，擦亮过几分
毕竟质地低劣
无论如何，也走不进大漠深处

一日，听某歌星演唱《驼铃》
声情并茂，却是假唱
这让我想起游客胯下的骆驼
以及叮当作响的铜铃……

世界上，总有太多的事物
被弄得似是而非

2018.01.15

加勒比海的风（六首）

1. 日光浴

把身体交给甲板
交给那张打开的躺椅
让加勒比海的阳光
把我的肤色晒得近似于麦粒

在我的上方，是天空
极度蔚蓝，仿佛是天使的梦呓
在我的身下，是海洋
托载着我，就像是把云朵举起
而在我的周围，是一群美女
她们不像是在晒太阳
更像是在集中展示比基尼

其实，最让我满意的是阳光

随着邮轮的航行
阳光也在位移
巴哈马、牙买加、大开曼群岛……
一路走去
我躺在甲板上无须挪动
却等同于在各地进行了日光浴

这时,邮轮在走
邮轮载着的我,在走
阳光跟随着我,也在走
我们就像是条巨大的鲸鱼
在加勒比海快乐地
游弋

2. 桑拿

桑拿房设在邮轮的顶层
巨大的玻璃窗外是加勒比海
湛蓝的波涛起起伏伏
一伸手,就可以把它揽进胸怀

高温下,汗水泉一般奔涌出来

人松弛得如同一根柔软的海带
可是我更愿意成为一条鲸鱼
畅游在这一望无际的蓝色世界

让伸向空中的尾巴，击打水面
奏出类似音乐的节拍
让喷向蓝天的水柱
含情脉脉，去亲吻那低飞的云彩

此刻，赤身裸体就挺好
一切附属之物均置于身外
把该放下的，全部放下
让该明白的，都弄明白
就像眼前奔腾呼啸的海浪
赤裸裸地来，赤裸裸去
坦坦荡荡，自由自在……

3. 我是海盗船长

一座古老的灯塔
站在巴哈马国门门口
向我挥手道别

来也匆匆，去也匆匆
没想到，我留在大西洋西岸的脚印
这么快就被加勒比海的风掳走了

掳不走的，是灯塔的目光
海水一样湛蓝、透明
把我乘坐的邮轮都染蓝了啊

走了很远，回头望去
灯塔渐渐缩小
纽扣一样，系住了海岸和天空

现代船只载有卫星导航
灯塔失业了，渐渐成为景观
不再指引方向

指引方向的是我，我是海盗船长
我随时都可以让灯塔
出现在我想象中的任何地方

4. 在半月湾与鱼嬉戏

把无边无际的大海忘掉
把岸上吹来的椰风忘掉
这个世界上,只剩下我和鱼

这些鱼身上简单的花纹
像海浪,起起伏伏
一波一波,如同我的想象

这就很好了啊
我就不会理会其他的诱惑
专心致志地与鱼嬉戏

在巴哈马的半月湾
我的手轻轻一挥,就把人间
所有的烦恼扔进了大海

再轻轻地一挥手
便把自己变成了一条鱼
扭动的身子,犹如舞动的纱巾

5. 在大西洋看落日

好在无遮无挡
落日近在咫尺、触手可及
缓缓地落在我的面前

没有溅起海上的浪花
说明落日很坦然，很平静
这一点，海鸥可以作证

每天，太阳自有运行的程序
无论日出，还是日落
无论在大西洋，还是在别处

用耀眼的光芒充当信使
让世间万物收取通知
并与此作为生长的依据

如此一来，升也辉煌，落也辉煌
这多像我想要的生活——
拿得起，放得下

6. 静泊在海面的小船

小船静泊成浮莲
浮莲花开
海面就多了一处风景

海水清澈、透明
视觉造成的假象
疑似小船悬浮在空中

是大海有意降低姿势
留下了空白,配合小船
制造出秘境

幸好,一根细细的水草
伸出手来,拽住小船
否则,它会和海鸥一起飞走

2019.02.24-29